Miguel de Cervantes Saavedra

Semanas del jardín

Barcelona **2024**
Linkgua-ediciones.com

Créditos

Título original: Semanas del jardín.

© 2024, Red ediciones S.L.

e-mail: info@Linkgua-ediciones.com

Diseño de cubierta: Michel Mallard

ISBN rústica: 978-84-9816-382-7.
ISBN ebook: 978-84-9953-451-0.

Sumario

Brevísima presentación

La vida

Miguel de Cervantes Saavedra (Alcalá de Henares, 1547-Madrid, 1616). España.

Era hijo de un cirujano, Rodrigo Cervantes, y de Leonor de Cortina. Se sabe muy poco de su infancia y adolescencia. Aunque se ha confirmado que era el cuarto entre siete hermanos. Las primeras noticias que se tienen de Cervantes son de su etapa de estudiante, en Madrid.

A los veintidós años se fue a Italia, para acompañar al cardenal Acquaviva. En 1571 participó en la batalla de Lepanto, donde sufrió heridas en el pecho y la mano izquierda. Y aunque su brazo quedó inutilizado, combatió después en Corfú, Ambarino y Túnez.

En 1584 se casó con Catalina de Palacios, no fue un matrimonio afortunado. Tres años más tarde, en 1587, se trasladó a Sevilla y fue comisario de abastos. En esa ciudad sufrió cárcel varias veces por sus problemas económicos y hacia 1603 o 1604, se fue a Valladolid. Allí también fue a prisión, esta vez acusado de un asesinato. Desde 1606, tras la publicación del Quijote, fue reconocido como un escritor famoso y vivió en Madrid.

Semanas del jardín es considerada una obra perdida de Miguel de Cervantes Saavedra, mencionada por éste en abril de 1616, en su dedicatoria al Conde de Lemos en *Los trabajos de Persiles y Sigismunda*.

El autor, como muchos del Siglo de Oro, utiliza una conversación formal y estilizada entre dos personajes para mostrar sus ideas sobre la vida urbana y rural. En esta obra, Cilenia es la defensora de la vida en la ciudad, mientras que Selanio hace la apología de la vida campestre.

Personajes

Selanio
Cilenia

Semanas del jardín

Selanio-Cilenia

Selanio

Con grandísimo deseo he vivido, discreta y hermosa señora mía, de saber cómo os habéis hallado con la verdad, y lo que della os ha parecido. Que pues de oídasla teníades tanta afición, de creer es que habrá hecho en vos diferente operación la vista, trato y comunicación que con ella habéis tenido, y que os habrá movido a compasión y lástima ver la persecución que del todo el mundo ha tenido, y cuán desfavorecida y maltratada se ha la pobre verdad visto, sin hallar cabida ni acogimiento en nadie. Pero con todo esto, se podrá gloriar de que al fin halló lo que buscaba, teniendo conocimiento de vos y aposento en vuestra alma y corazón, de donde nunca salió cosa que no fuese digna dél y de la generosidad de vuestro ánimo y pecho. Dichoso, por cierto, por mil razones, y principalmente por la presente, de merecer tener encerrado en él el dichoso tesoro que por su mucha bondad no ha podido sufrir la malicia humana consigo. Y no sé cuál más dichosa, la verdad ovos, ella por tener tal aposento, o vos por tener tal huéspeda. Y mal digo, que sí sé; que mucho más lo es ella en teneros por posada, que no vos en tenerla por huéspeda, y es la razón, porque la verdad es tan bien contentadiza y afable, que de quienquiera que la busque se deja hallar, y por esto no se puede tener en tanto que se tenga por bien acomodada con quien, con el buen celo que vos, la busca y desea. Pero puede tener y estimar la verdad en mucho que la busque y meta dentro en su corazón y cuerpo quien, como vos, le tiene entapizada de hermosura, honestidad, discreción y donaire, mansedumbre, templanza, caridad y misericordia, y adonde todas las virtudes en sumo grado resplandecen con tanto extremo cuanto os extremó Dios entre todas las demás, para que fuésedes verdadero depósito y archivo de todo lo bueno del mundo, y ejemplar y dechado de donde pueden sacar muestra y labores los que quisiesen seguir el camino derecho de la virtud, como trasunto fiel della. Y así, con razón os digo que puede sin comparación tenerse por más feliz la verdad en haberos hallado a vos, que vos en haber topado con ella.

Cilenia

Un poco más blanda la mano, señor Selanio. No me deis ocasión que pueda decirse de vos que se empieza a echar de ver que habéis echado la verdad de vuestra casa y compañía. Y mirad que es tan grande que se extiende a mucho, aunque parezca imposible, y que no porque yo la tenga en mi pecho esencialmente, no la podéis vos tener en el vuestro por ejercicio, y todos los que quisieren aprovecharse della y de su virtud. Por vuestra vida, que vais con tiento en este caso, que como conozco el poco caudal mío, os ponéis a muy conocido riesgo de perder conmigo, y aun con los demás, el crédito que tenéis de verdadero.

Selanio

El verdadero perderle sería, discreta señora mía, callar lo que a voces publican vuestras palabras y obras. Que lo que yo digo, pongo por testigo a la misma verdad que tenéis dentro de vos, que os certifique lo que de mí sabe, pues no puede mentir. Pero dejando esto, que sé al cierto que no puedo ganar con vos más de lo que quisiéredes que gane, os suplico me respondáis a lo que os pregunté.

Cilenia	Paréceme a mí que de suyo está respondida una cosa tan clara. Y si no, decidme vos: si lo que con mucho cuidado largo tiempo hubiésedes andado a buscar, estando muy de veras enamorado dello de oídas y por relación, donde y cuando no pensábades ni podíades imaginar, y al tiempo que más desconfiado estábades, lo viniésedes a hallar y poder tener en vuestra misma casa y aposento, ¿no recibiríades tan nuevo y crecido contentamiento que con dificultad podría vuestra capacidad y juicio gozarle del todo?
Selanio	Sí, por cierto, señora mía, cuando le tuviera tan entero como el vuestro. Mas estoy tan lejos de hallar este bien, y le he visto tan pocas veces por mi casa, que no osaría ni podría afirmar el contento que me daría ni lo que me duraría, porque si entre tanto mal y tan poca esperanza de bien le viese en mi aposento, no tengo duda sino que mi poca capacidad no podría sustentarse con tanto bien, y pienso que me ahogaría, y sería necesario, como a los que han pasado larga y peligrosa enfermedad, y della quedan flacos y debilitados los estómagos, que les van dando poco a poco el alimento, porque la mucha cantidad no les ahogue el calor natural y se mueran, irme a mí dando a adarmes el bien, paladeándome con él, y habituando mi estómago a manjar tan nuevo para él, no me le dando de golpe, porque no me acabe.
Cilenia	Pues entended, señor Selanio, que casi de la misma manera me ha sucedido a mí, y digo de la misma manera en cuanto a tener tan crecido contentamiento y gusto de ver la verdad en mi compañía, en tiempo que tan lejos entendí que estaba della, como se puede creer de quien la deseaba tan entrañablemente ver en la tierra y presente, habiendo sido su aficionadísima cuando la

11

imaginaba en el cielo. Lo que della me ha parecido es lo que se puede creer, sabiendo quien es hija de quien es. La operación y efecto que en mí ha hecho es dejarme escandalizada y espantada, como a vos os dejó, de ver el engaño en que hasta aquí había vivido, teniendo por gente sencilla, verdadera y casi santa a quien dentro de sí encerraba tan enormes fraudes y engaños como la verdad descubre. Y sobre todo me ha dejado con doblada y más verdadera afición a sus cosas haber visto su virtud, su sinceridad y limpieza y verdadera sencillez de su trato, y con fe cierta que los que no siguen sus pisadas, es por estar faltos del conocimiento de sus obras, ni haber gustado de la dulzura de su conversación. Y hame hecho grandísima lástima la narración de sus persecuciones y malos tratamientos que el mundo y los que en él viven la han hecho, habiendo bajado del cielo para guiarlos a ellos allá, sin consideración de quien es.

Selanio

Por eso, bien discreta y hermosa Cilenia, que la servirán las persecuciones y calamidades que ha padecido, para estimar en más la felicidad en que, con vuestra compañía, se halla. Y tanto más le será agradable su descanso cuanto mayor ha sido su desventura, tomándole muy grande las veces que con vos se pusiere en pláticas de referir sus trabajos, estando desengolfada y en puerto tan seguro, y con certidumbre de tener en vos las espaldas seguras. Y pues quien la envió al mundo os crió a vos para que os compadeciésedes de sus desastres y descomodidades que él la ha causado, y para que estiméis, deseéis y procuréis conservar su compañía, la verdad goce de tan buena ocasión muchos años en paz y felicidad. Y vos, por me hacer merced, me decid cómo os habéis hallado en el campo. Que se

puede sospechar que ha sido bien y agradable el entretenimiento que en él habéis tenido, pues tanto tiempo
habéis dejado el poblado desierto, que podríamos llorar
los que en él y en esta ciudad vivimos con Jeremías, y
decir: «¡Cómo está sola esta ciudad llena de pueblo, y se
ha hecho como viuda la que era señora de las gentes!»
Porque las que en ella viven, que reciben calidad y ser
con la nobleza y calidad de vuestra persona, faltándoles
su lustre, luz y resplandor, que lo puede ser de toda la
tierra, quedan en tierra estéril y desierta, y sin su claro
y provechoso cielo, y mientras más acompañados de
pueblo, más solos de contentamiento y regalo.

Cilenia   Creído tenía, señor Selanio, que la comunicación con la
               verdad y el tiempo os había quitado de la fantasía esos
               términos y encarecimientos poéticos que el afición os
               hacía decir de mí, y todavía me parece que duran.

Selanio   Como la verdad, el tiempo ni el movimiento de los cielos
               no han quitado el conocimiento del bien, sino antes, con
               el mismo, descubierto mayores y más suficientes causas
               con que puedan conocerse los subidos y perfectísimos
               quilates de vuestro valor y merecimiento, no solamente
               pueden quitarme de la fantasía lo que siempre tuve en
               ella, mas antes ha sido confirmarme y asentar con más
               profundas y arraigadas raíces en el alma lo que desde el
               punto que os conocí se imprimió en ella. Porque como
               las perfecciones que el autor de la naturaleza y ella
               misma pusieron en vos tan a manos llenas hallaron mi
               alma dispuesta como blanda cera, recibió la impresión
               en ella con tanta fuerza que es imposible viviendo ni
               después de muerto borrarse, porque como inmortal,
               conservará eternamente el carácter que recibió para no
               poder borrarle. Ansí que, señora mía, quedando en esta

parte vuestro pensamiento confundido, y cierta de que no se puede acabar en mí lo que fuere cumplimiento, en cuanto mis flacas fuerzas alcanzaren, de vuestro servicio y gusto, podréis responderme a lo que os dije, de cómo os habéis hallado con la vida del campo, que debe de ser bien, por lo que digo.

Cilenia

Si tenéis de mí, señor Selanio, la satisfacción que yo tengo de vuestro amor y buena voluntad, por el mismo caso que he estado ausente, donde no pueda gozar de vuestra compañía, que tan agradable es para mí, os podríades tener por respondido, y entender que me habré hallado mal, y que ningún entretenimiento puedo haber tenido que, como vos decís, me sea dulce, antes amargo como la hiel. Y si vos queréis, con Jeremías, llorar la ciudad sola llena de pueblo, ¿qué os parece, o con qué lágrimas, aunque fuesen irremediables, como las con que lloraba Ana a su hijo Tobías, que podría yo llorar en el despoblado, desierto de todo bien, adonde faltaba quien pudiera hacerle sabroso y dar gusto a sus asperezas, acompañando su soledad? Especialmente, señor Selanio, que nunca yo he tenido por buena la vivienda del campo, y siempre me ha parecido mejor, sin comparación, la de la ciudad. Y si es verdad, como realmente lo es, que la sabrosa y discreta compañía de un amigo tal como vos, y de tan dulce y regalada conversación, hace la vida solitaria pasadera, la misma fuerza del vocablo nos da claro a entender que, siendo pasadera, no puede ser del todo buena. Y si esta misma compañía se puede tener en poblado, con diferente sentimiento y en mejores ocasiones se gozará della. Y aunque yo tengo esta opinión, y es casi común entre la mayor parte de las mujeres, y que la tengo de sustentar con todas mis fuerzas, porque nunca fui tan amiga ni sujeta a mi parecer que no me huelgo y deseo oír el de quien puede darle mejor, y, satisfaciéndome, seguirle en lo posible, holgaré que vos me digáis las causas y razones que vos halláis para elegir y tener por mejor la vida solitaria y no la civil y cortesana, como estotro día en la conversación de la huerta nos distes a entender, que no solamente a mí, mas a las damas que allí se hallaron, les pareció novedad en un hombre cortesano y criado toda la vida en la corte como vos.

Selanio   Es tan conforme a mi naturaleza y al gusto y contento de mi alma, discreta y hermosa Cilenia, conformarme en todas las cosas con vuestra voluntad y acertado parecer, que por el mismo caso que vos os habéis declarado en favor de la vida cortesana me hallaré mudo y atada la lengua para saber ni poder decir cosa en contrario, pero por esta misma conformidad, y también por ver que tenéis o mostráis gusto de saber las causas que yo hallo y me mueven para estimar la vida del campo y solitaria, será puerta para sacar a luz mis razones. Y si no lo fueren ni satisficieren a vuestro claro entendimiento, como no son leyes de Dios ni del rey, que pueden obligarnos a la guarda y cumplimiento dellas, sino opiniones y muy varias, podéis seguir la que más os agradare. Y tras esto, holgaré que vos justifiquéis la vuestra, no por mí, que solo quererlo vos trae justificación consigo sin mirar más de que es vuestra, sino para los demás, y para que descubráis parte de vuestro discreto y claro juicio. Y porque para venir al punto de lo que mandáis se vayan acortando envites, y se dé más presto en él, por la diversidad de vidas solitarias y de campo que hay, me decid de cuál os parece y mandáis que se trate.

Cilenia	No me parece que estáis bien en lo que es mi intento, ni es tan poco el placer que recibo de oír vuestras agradables razones, más dulces para mis oídos que las que un poeta decía salían de la boca del viejo Néstor, que las compara al divino néctar y ambrosía que comen y beben los dioses, que quiero que acortéis envites; antes, para que tengáis más espacioso campo donde se extienda vuestro buen entendimiento, ha de quedar a vuestro albedrío el tratar las alabanzas de la vida del campo que más os cuadra. Y primero que deis en el punto de vuestro intento, podréis proponer de las demás, así del campo como de poblado, ya que no en particular, porque no sea proceder en infinito, de los intentos de algunos en general, para que dejándolos de aprobar, eche yo más claramente de ver vuestro intento. Que conforme a lo que dél entendiere proseguiré yo con el mío, si el tiempo nos diere lugar, y diré lo que me mueve a tener por mejor la vida cortesana y civil.
Selanio	Quien tiene sacrificada la voluntad y el alma, hermosísima y discreta señora mía, al cumplimiento de la vuestra, no puede hacer contradicción ni poner inconveniente ni excusa a nada de lo que mandáredes; antes yo, como el obediente Isaac, llevaré al monte la leña para que se haga el sacrificio, y con ella, después de encendido el fuego de mi corazón y con los carbones encendidos en que se convirtiere, purificar mis labios para más pura y sencillamente hacer y decir lo que mandáis. Y aunque lo que ahora mandáis tiene dificultad, por ser tan varias las voluntades y diferentes los gustos de los hombres, y tirar cada uno por su camino, guiados de su inclinación, con tan contrarios intentos unos de otros, refiriendo primero las trazas y designios que mucha parte de la gente lleva, para de todos ellos

elegir el que más me cuadrare para poder vivir vida quieta y sosegada, os procuraré luego decir con la brevedad que pudiere y la materia diere lugar, para no cansaros, el que a mi parecer es más a propósito para con mayor y más segura tranquilidad gozar de vida sosegada y quieta. Para lo cual digo, mi señora, que hay unos a quien su natural inclina a ir y venir, rodeando el mundo, no descansando en ninguna parte, llenos de ansia y congoja, por saber y escudriñar los puertos de mar, costas e islas, adonde piensan hallar las conchas que dentro de sí crían y encierran las perlas, sin perdonar temples ni destemples ni inclemencias de cielo y suelo. Otros, que habiendo con inmensos peligros, naufragios y trabajos navegado la mar y rodeado mucha parte de la madre tierra, la descubren y abren las entrañas hasta topar en ellas los minerales de plata y oro que en sus cóncavas venas cría, sin rehusar, para conseguir su fin, ningún género de trabajo corporal ni espiritual, ni teniendo por hallarlo en nada aventurar la honra, que se debe estimar más que la vida, abatiéndose a cosas indignas de su profesión. ¡O maldita y mil veces maldita y abominable esta insaciable y violenta hambre de oro! ¡De cuántos males es causa! ¡Qué de ruinas y desastres acarrea, y cuán caro se compra el gusto que trae consigo! ¡Cuánto llanto les ha causado, y de qué muertes, sangre y destrucción ha sido causa! Por este endiablado y pestilencial monstruo se vuelve muchas veces el amistad y amor en odio y aborrecimiento temerario. Por él se quebrantan las que habían de ser fes inviolables, y los juramentos y pleito homenajes, obligatorios de cumplir a los caballeros. Por esta maldita y descomulgada codicia no una, sino mil veces se corrompe y tuerce la justicia. Ésta siembra cizaña y discordia entre padres e hijos y hermanos, y la tiende en las populosas ciudades, sin perdonar las humildes chozas y cabañas de los pastores. Ésta hace y ha hecho que haya quien corrompa las justas y santas leyes, y que muchas veces mande y gobierne el necio hinchado y soberbio, y se ha extendido a tantos que ha torcido y sacado del camino de la virtud —lástima lamentable y grande— a los reyes. Y para concluir con todo lo que della se puede decir, digo lo que el apóstol, que la codicia es raíz de todos los males, a la cual, quien la sigue erraron en la fe. Pero ¿qué furor satírico ha movido mi lengua y engolfádola en piélago tan profundo? Para no quedar en él anegado, quiero, si pudiere, anudar el hilo de la tela que iba tejiendo, y digo, mi señora, que hay otro género de gente, cuyo vano humor e inclinación los lleva a procurar cargos y oficios de gobierno de estados y administración de justicia, sin tener respeto a si tienen suerte, entendimiento y capacidad para hacerlo o no, y al mal y desabrimiento que debajo de aquella capa de autoridad y mando está encubierto. Otros hay que ni duermen ni comen, y andan embelesados tras la vana privanza de los príncipes y señores, con una hambre canina de alcanzarla, llenos de cuidados y miedos de perderla si la alcanzan, haciendo mil reverencias y sumisiones, volviéndose de más colores que un camaleón, al gusto y voluntad de los señores. Otros hay que a fuerza de brazos, y a costa de mucho cuidado, estudio y trabajo, procuran alcanzar opinión de cortesanos pláticos, graciosos y discretos, y sabe Dios y aun muchos de los hombres, si les llegan un poco al cabo y se apura el fundamento de su saber, si le hallarán colgado en el aire, sin columna ni cimiento sobre que estribe más que la vana opinión de quien los tiene por privados. Otros hay cuyo entretenimiento y conversación es tratar de las estrellas, contándolas y haciendo creer que saben cuántas hay en el cielo, y qué efectos hacen y producen en la tierra, cuáles son fijas y cuáles son móviles, y cuántos palmos hay del cielo al suelo y del un cielo al otro, y persuaden a los hombres que crean lo que dicen de las cosas por venir, y que aprueben sus palabras y obras como dichas demás que hombre, porque hace demostración tal o tal astro o planeta, no considerando que el que los puso en el cielo, y las pisa y mide con sus pies, altera como es servido sus indicaciones, y si estos tales yerran o no, sus mismas obras dan testimonio, que en general son falsas y mentirosas. Otros hay que con hipocresías fingidas se quieren hacer estimar por virtuosos, caritativos y santos, y que les da grandes aldabadas el deseo de la virtud, y que todos la sigan. Y con este fingimiento y apariencia abren mayor puerta a sus vicios, yendo caminando, en lo secreto, por ellos adelante, con mayor seguridad y más ocasión de no salir dellos. Otros hay, mi señora, cuyo fin y blanco enderezan a la inmortalidad y a eternizar su fama, y con heroico valor, procurando engrandecer y levantar su nombre, y dejar a su posteridad memoria de sus hazañas, unos por la milicia y ejercicios militares, poniendo sus personas y vidas a evidentes peligros e innumerables trabajos, otros por las letras y estudio dellas, tan validas en esta era. Y aunque tocan los unos y los otros en ambición, es loable y de estimar los que la tienen, pues procede de tener ánimo y valor para no contentarse con pocas cosas. Hay otros a quien se puede tener con razón mancilla, a quien, metidos y atormentados en amorosos tormentos, llama el mundo ciegos y guiados de ciego, que tienen lo amargo por dulce, el mal por bien, el trabajo por descanso, hasta que viniendo a caer en la cuenta, se halla unido con nonada, el tiempo perdido, la juventud acabada, y cargados con la cansada vejez, inútiles e impertinentes. Solo les queda arrepentimiento inútil y la penitencia de sus pecados. Pero hay, mi señora Cilenia, otros que quieren dorar y cubrir, como píldoras con oro, sus vicios con la virtud que les es más vecina y aparente, echándose encima vestidos de cordero sobre corazón, obras y palabras de lobo, y el que tiene envidia, que le roe como carcoma las entrañas, y con ella reprueba y abomina de las buenas y virtuosas obras del otro, nos quiere persuadir a que creamos que es deseo de bondad, y que su maligno parecer se tenga por celo virtuoso, siendo una punta endiablada de quererse aventajar de todos, por este encubierto camino. Otros, que de su natural son tristes y melancólicos, y con esto desabridos, mal acondicionados, ásperos e intratables, os dicen que es autoridad y término perseverante y grave. Otros, que son avillanados y tiesos, que no les sacarán de sus propósitos frailes descalzos, ni mudarán su pertinacia y dureza ningunas buenas razones, profesan ser hombres constantes y no mudables y varios, siendo estos tales los que comúnmente se llaman tercos y villanos. Otros, al contrario déstos, que son fáciles, sin valor ninguno, que cualquier viento los lleva, cuyo oficio es adular, decir lisonjas y, como dicen, andar rascando las agrias, quieren que les cuadre y se les dé nombre de afables, corteses y agradables, y que se les quede confirmado y aprobado, siendo una gente con cuyo trato se corrompe y destruye más la república que de los sueltamente malos, porque déstos huimos, y con los otros comunicamos. Otros hay que son truhanes, chocarreros y habladores, cuyo oficio es, como dijo un poeta, andar imitando al asno, que quieren ser tenidos y reputados por pláticos, graciosos y elocuentes, fundando todo su saber en donaires maliciosos y perjudiciales, ofensivos en sumo grado a los oídos de los discretos. Y el otro, que con su demasiada codiciase vuelve un rico avariento, que no echara un real de su casa si pensase con él ganar el cielo, quiere que le tenga y canonice el mundo por templado y recogido, grande allegador para sus hijos, y que no quiere verse abatido con andar buscando prestado, y se dejará andar desnudo y que lo anden su mujer e hijos, si no lo adquieren por su industria o se lo hurtan, como muchas veces sucede. El otro, que sin término ni razón es soberbio, inconsiderado y arrogante, le llama el vulgo fuerte, valiente, de ánimo invencible, y al que es malicioso, lleno de engaño y cautelas, que no dice palabra que no tiene dos sentidos, también le llaman sabio y muy bien entendido. Y el otro que es en su conversación libre, sucio y no sufrible ni tratable entre gente honesta y de lustre, le tienen por gracioso, desenfadado y desenvuelto. Y está tan estragado el mundo que realmente le tienen por tal, y se solemnizan con risa sus desvergüenzas, canonizándolas por agudezas y discreciones. Y lo peor de todo es que al necio sin término ni razón de hombre, que le parece que no nació más de para comer y dormir, sin poder tener dél buena esperanza, le llaman bueno, siendo depósito de buena necedad. Pero ¿qué desvarío y desatino es el mío, o qué mal espíritu mueve mi lengua para tan libremente reprobar y condenar faltas ajenas, y no mirar la viga que está dentro en mi ojo, que me hace no echar de ver las muchas mías? El que más entre todos los referidos se levanta y si se puede juzgar es venturoso, no metiendo la mano ni alargando la lengua a los hombres dedicados al servicio y culto divino, que déstos y de la perfección de su vida y ventura no puedo, debo ni quiero tratar, sino de lo que es de las tejas abajo, digo, señora mía, que al que se puede llamar venturoso, y tener envidia a su estado y tranquilidad de su ánimo, es al hombre que, dándose a la moral filosofía, y viviendo como cristiano filósofo, se contenta con lo que da la naturaleza, y tiene conocimiento de las causas por sus efectos, y de tal suerte está prevenido, que ningún caso que le suceda, próspero ni adverso, le altera, admira ni espanta, teniendo las cosas por venir como presentes, y las presentes como pasadas, porque este tal tiene conocimiento de sí mismo, y cumpliendo por lo menos con la ley natural, quiere para los otros lo que para sí. Mas al que en mi opinión, discreta Cilenia, yo tuviera envidia y tuviera por sumamente feliz, es aquel cuyas descuidadas plantas pisan sin sobresalto ni congoja la verde hierba de los prados, y pasean las frescas riberas de los corrientes ríos, si llega a tener conocimiento de su estado, y levanta el ánimo y espíritu a considerar la tranquilidad de lo que posee, y ejercitado en rústico y silvestre ejercicio, no tiene cuenta ni le desasosiegan los tráfagos, bullicios y negociaciones de las ciudades, ni respeta a nadie por temor, ni le tiene a las olas y fortunas del poblado, ni se halla obligado a la pesada carga del cumplimiento que tanto muele a quien no cae en la cuenta de su pesadumbre. Antes libre destas cosas, suelto y desembarazado, con el arco en la mano, la ballesta al hombro y el aljaba y carcaj al cuello, y el zurrón con la pobre y sabrosa comida al lado, cruza y atraviesa los montes, valles y setos, sin que le impidan los ríos ni aspereza de montañas a seguir y perseguir la caza, sustentando su cabaña de la que cada día mata, recreando y regocijando su ánimo con esparcir por el aire, al son de su rabel o mal compuesta zampoña, sus rústicas cantilenas, tomando sabor y gusto de mirar las silvestres luchas de los toros y de los roncos bramidos que van dando los vencidos, y del manso rumiar de las mansas ovejas y el descuido con que pacen la verde y menuda hierba, y del recatado sueño de los mastines que las guardan y defienden de los dañosos lobos. Huélgase de ver los retozos y sueltas y ligeras cabriolas de los cabritillos, y las madres encaramadas en las encinas. Conténtase con cubrir su fuerte, sano y bien ejercitado cuerpo con las pieles de sus ganados, y echarse debajo de los frondosos árboles. Satisface a la hambre y necesidad corporal con las silvestres frutas que dellos coge, sembrando la hierba que tiene por mesa de las bellotas, castañas y nueces que con sus brazos derrueca, con que queda más satisfecho y contento que los príncipes y señores con la diversidad de viandas que sirven en sus curiosas mesas, porque come con hambre, y tiene siempre consigo la salsa de San Bernardo, y no le falta tampoco la blanca y sabrosa leche con que remoja el duro pan que trajo del aldea. Bebe con apetito y gana el agua limpia, fresca y pura que corre por las pizarrosas gargantas y arenosos arroyos, bebida con el vaso de Diógenes, que le da mayor satisfacción y gusto que la que en los poblados se bebe en los de oro y plata, curiosa y ricamente labrados, sin tener más apetito ni deseo que de lo que tiene presente, ni darle otra cosa cuidado más que llevar su ganado al pasto más cercano y que sabe es más fértil y abundante, y buscar lugar fresco y de arboledas donde sestear en verano, con agua para abrevar su manada, y solanas reparadas de los helados vientos para el invierno. Y adonde tiene sabida y conocida esta comodidad, tiende todos sus miembros en la hierba, adonde acuden los con vecinos pastores y ganaderos de la comarca, y en pastoriles y amorosas contiendas y saludables ejercicios pasan dulcemente el día, sin que en ellos reine tristeza, ni tenga entrada disgusto, ni cómo se llama ni qué efecto hace la desabrida melancolía. Traban entre sí amorosas cuestiones, aprobando cada uno o reprobando lo que el otro propone, conforme a sus intentos y a los pensamientos que tienen. Compiten sobre la hermosura y gracia de sus amigas, unas veces llamándolas afables, otras enemigas y crueles, según que dellas son favorecidos, y vienen a parar sus rencillas en tejer de las más perfectas flores guirnaldas que llevarlas, con que las dejan satisfechas de su puro y sencillo amor. Y cuando en estos y otros ejercicios entre ellos usados han gastado con sabor el día, dan la vuelta a sus cabañas, llevando por delante sus satisfechas manadas, donde, tendidos en el blando heno, no echan menos las ricas y abrigadas cortinas ni los toldados aposentos, sirviéndoles de lo uno y de lo otro el cóncavo convés del cielo, y los verdes y hojosos árboles. Allí duermen a sueño suelto, con quietud y sosiego, sin que los desvele el curioso trato de los reales palacios, ni el acompañamiento de los que gobiernan el mundo, ni lo que ha de comer el día siguiente, ni le da cuidado el buscar con qué sustentar la vanidad que el mundo usa. No busca ni le da pena que tengan fino temple los arneses, ni que pese o sea liviano el jaco de malla, ni teme los dudosos, peligrosos e inciertos sucesos de la guerra, ni si se anegó y dio al través el navío que viene de las Indias con su hacienda, ni si se alza y quiebra el mercader que se la tiene, ni que han de topar ladrones domésticos o extraños con su enterrado tesoro. No le aprieta ni congojan las revueltas de las ciudades, ni por odio, amor ni interés se inclina a los bandos que hay en ellas, ni le trae desatinado y ciego la pasión y ambición de los ciudadanos, ni los embustes y enredos con que solicitan cátedras y oficios en la república. No le induce codicia a desear cargos ni dignidades, ni promesas de privados le hacen seguir sus pasos y caminos, teniendo por ley las vanas palabras que dicen, ni tiene millones de descomodidades que el vivir en las ciudades trae consigo. Antes con corazón alegre y contento, y con el ánimo quieto, se levanta por la mañana, y sacudiendo de sus miembros la pereza, y cada credo mejorando su estado, se vuelve a los usados ejercicios, gozando del aljofarado rocío que le ofrecen los verdes prados y, en tiempo debido, variedad de flores, con que recrea los sentidos, y entretenido en coger las más hermosas, hace dellas guirnalda para sí, si le da gusto y tiene ocasión de traerla, o para su amiga, si la tiene. Es para él entretenimiento gustoso ver crecer y menguar el río en su tiempo, y de oír cantar las cigarras y grillos en el suyo. Tiene por suave y acordada música el sordo murmurío de las abejas que andan entre las flores, cogiendo dellas sustancia con que labran la miel en sus colmenas. Tienen por felicidad mirar con la gana con que la vid se va enredando en el álamo, y la presa que la hiedra hace en el alto ciprés hasta ocupar lo más empinado de su altura. Recréanles la vista la pintada variedad de pajarillos, y el oído la dulce armonía que con sus arpadas lenguas tienen en los árboles y cerros donde tienen fabricados sus artificiosos nidos, de donde, concertados, se van respondiendo y convidando los unos a los otros. Esles de particular entretenimiento y gusto ver en los frescos e intricados setos cruzar las bandadas de los conejos, y en los prados las medrosas liebres. Esta vida alegre, quieta y sosegada era, discreta y hermosa señora mía, general en todo el mundo en aquella edad de oro, en que los poetas dicen que gobernaba Saturno, en cuyo tiempo ni los hombres trafagaban la tierra, ni navegaban el mar, porque cada uno se contentaba con vivir y morir donde nacía, sin procurar ser más que su padre, contentándose con lo que dél heredaban, y gastándolo como él lo gastó. No trabajaban en hacer para su defensa arneses ni armas defensivas, ni para ofender arcabuces ni espadas, ni se aprovechaban del acero y hierro más de para hacer instrumentos con que cultivar la tierra. ¡Pluguiera a Dios, hermosa señora mía, que yo tuviera esta vida ufana, tranquila y quieta!, y sin gloria ni nombre viviera entre la rústica gente, adonde no me fuera nada importuno, y el variar de las cosas referidas apartara de mí todo fastidio, y cuando me cansara el valle, fuérame a la sierra, y cuando la sierra a lo llano, de lo llano a los bosques y montañas. Cuando el andar me cansara, sentárame en la ribera de algún claro río o arroyo, y con el murmurar de su corriente, y con el ruido del movimiento que el aire hace, sacudiendo las hojas de los árboles, se recreara mi afligido espíritu, y con la dulzura destas cosas suspendiera algún tiempo mis males. Con lo cual, arrebatado de causa en causa, llegara hasta contemplar la suma alteza de la universal y principal, que es el sumo hacedor de todo lo criado, y con cuán soberana majestad y grandeza lo crió, y que con tan maravilloso orden y concierto lo rige y gobierna, ordenando y dividiendo los tiempos y dando movimiento a los cielos, para que con él, acercándose y alejándose el Sol, influya virtud en la tierra para criar, sazonar y madurar los frutos della, con que se sustenta la humana generación y todas las especies de animales, a quien ordenó sirviese todo. Y destas consideraciones viniera, mi señora, a sacar algún rastro, luz y conocimiento de la fragilidad y miseria de la vida presente, con que descansara mi alma, viendo que la salida della había de ser principio de descanso. Y mientras que mis ojos gozaran de la pura luz del Sol, y los vitales espíritus, respirando, enviaran aire al corazón, todo mi estudio y cuidado pusiera en engrandecer y levantar, conforme a la rudeza de mi ingenio, a la dulce y amada señora y enemiga mía, sin que cosa alguna bastara a apartarme deste oficio. Que si conforme a la voluntad y deseo se alargara el caudal, bien se puede de mí con verdad creer que la levantara sobre las estrellas, dejando eternizado su ser y nombre, conforme a su mucho valor y merecimiento. Que si me concediese tanto bien el cielo, que aunque fuese en una cueva, me viese en su compañía, aquél verdaderamente sería para mí dichoso y feliz estado, y gozar siempre de su vista, sin miedo y sobresalto de perderla. Y el que a mi pobre juicio es más dispuesto para tener vida tranquila y sosegada, apartada de las tempestades y tumultos de las ciudades, es, mi señora, la que os he dicho con la mayor claridad que mis mal limadas razones han sabido daros a entender. No me pongáis culpa si no os satisficieren, pues no puede dar peras el olmo, ni nadie más de lo que tiene. Y aunque con mi opinión vaya errado, por no tener entendido lo que fuere mejor, estoy dispuesto a cumplir lo que me mandáredes, aunque pierda la vida, y deseoso de que fuera más temprano, para de vuestra dulce boca oír las razones que contra lo por mí propuesto tenéis en favor de la vida de corte y ciudades.

Cilenia

Déosla Dios tan larga y contenta, señor Selanio, como yo lo quedo con haber oído vuestros discretos discursos, en que habéis mostrado la luz de vuestro entendimiento. Pero para deciros verdad, no me satisfacen tanto vuestras buenas razones, aunque lo son, que no me estoy pertinaz en mis opiniones, como lo pienso mostrar cuando en buen hora volváis acá otro día; que por ser tarde, y éste se nos acaba, no quiero decir más de que vais en horabuena, y Dios en vuestra compañía.

Selanio   Él guarde tanta hermosura y discreción como la vuestra, y me deje tener ventura en algo, que aun hasta en esto me falta; que parece que para que no pueda gozar este contento se apresura más el Sol en su carrera que suele. Si del todo no se me acaba, tomaré otro día la tarde de más temprano.

Finis

Libros a la carta

A la carta es un servicio especializado para
empresas,
librerías,
bibliotecas,
editoriales
y centros de enseñanza;
y permite confeccionar libros que, por su formato y concepción, sirven a los propósitos más específicos de estas instituciones.

Las empresas nos encargan ediciones personalizadas para marketing editorial o para regalos institucionales. Y los interesados solicitan, a título personal, ediciones antiguas, o no disponibles en el mercado; y las acompañan con notas y comentarios críticos.

Las ediciones tienen como apoyo un libro de estilo con todo tipo de referencias sobre los criterios de tratamiento tipográfico aplicados a nuestros libros que puede ser consultado en Linkgua-ediciones.com.

Linkgua edita por encargo diferentes versiones de una misma obra con distintos tratamientos ortotipográficos (actualizaciones de carácter divulgativo de un clásico, o versiones estrictamente fieles a la edición original de referencia).

Este servicio de ediciones a la carta le permitirá, si usted se dedica a la enseñanza, tener una forma de hacer pública su interpretación de un texto y, sobre una versión digitalizada «base», usted podrá introducir interpretaciones del texto fuente. Es un tópico que los profesores denuncien en clase los desmanes de una edición, o vayan comentando errores de interpretación de un texto y esta es una solución útil a esa necesidad del mundo académico.

Asimismo publicamos de manera sistemática, en un mismo catálogo, tesis doctorales y actas de congresos académicos, que son distribuidas a través de nuestra Web.

El servicio de «libros a la carta» funciona de dos formas.

1. Tenemos un fondo de libros digitalizados que usted puede personalizar en tiradas de al menos cinco ejemplares. Estas personalizaciones pueden ser de todo tipo: añadir notas de clase para uso de un grupo de estudiantes, introducir logos corporativos para uso con fines de marketing empresarial, etc. etc.

2. Buscamos libros descatalogados de otras editoriales y los reeditamos en tiradas cortas a petición de un cliente.